AF404258

LES
AMANS VALETS,

COMÉDIE-VAUDEVILLE

EN UN ACTE,

PAR B. DE ROUGEMONT;

Représentée pour la première fois à Paris, sur le THÉATRE DU VAUDEVILLE, *le 8 Avril* 1807.

A PARIS,

Chez
HÉNÉE et DUMAS, impr.-lib., rue Saint-André-des-Arcs, n.° 3;
MARTINET, Libraire, rue du Coq;
BARBA, Libraire, au Palais du Tribunat;
Et tous les Marchands de Nouveautés.

AVRIL, M. CCC. VII.

PERSONNAGES.	*ACTEURS.*
LAURE DE GERNANCE.	Mme. HERVEY.
GERMEUIL, jeune capitaine de hussards, amant de Mme. Gernance, à son service sous le nom de *Germain.*	M. HENRY.
DELORMEL, parent de Mme. Gernance, s'introduisant sous le nom de *Dubois.*	M. VERTPRÉ.
AMBROISE, jardinier.	M. DUCHAUME.
LISETTE, suivante de Laure.	Mme. BLOSSEVILLE.
LAFLEUR, domestique de Laure.	M. CARLE.

La Scène auprès de *Paris,* chez *Mad. Gernance.*

COUPLET D'ANNONCE.

AIR : *Vaudeville de l'Avare et son ami.*
Nos Amans Valets vont paraître ;
De leur sort vous êtes chargés :
Messieurs, avant de les connaître,
N'allez pas signer leurs congés.　　(*Bis.*)
De l'indulgence on doit peut-être
Espérer les heureux effets :
Quand nous annonçons des *valets,*
N'attendez pas des *coups de maître.*

LES AMANS VALETS.

(Le Théâtre représente un jardin garni de fleurs, de roses, etc.; à droite un pavillon, dans lequel il y a un secrétaire.)

SCÈNE PREMIERE.

(AMBROISE, *arrangeant le jardin.*)

AIR : *Ronde du Mur mitoyen.*

Tandis que chacun ici
Dans son lit sommeille,
Cultivons, sans nul souci,
L' rosier et la treille.

Rose, ton doux vermillon
Te sied à merveille !
Il m'offre l'échantillon
D' la liqueur vermeille.

(*montrant la rose.*)

Lorsque l'on perd cette fleur,
La vertu sommeille.

(*montrant la vigne.*)

Du bois tortu la liqueur
Toujours me réveille.

SCÈNE II.

AMBROISE, LISETTE.

LISETTE.

Qu'as-tu donc à crier, Ambroise ?

AMBROISE.

Je chante, Mademoiselle.

LISETTE.

Ah! tu chantes?

AMBROISE.

Je m'égaye, je me donne du courage; Madame aime beaucoup son jardin, et je ne le néglige pas.

LISETTE.

C'est bien, mon garçon.

AMBROISE.

Voyez ce parterre, comme il est bien garni! ces roses, comme elles font plaisir à voir!

LISETTE.

C'est dommage de les cueillir. !

AMBROISE.

Pourquoi cela, Mademoiselle?

AIR : *Suzon sortait de son village.*

La ros' dans la main qui la cueille
Se fane, dit-on, aisément;
Mais sur sa tige elle s'effeuille,
Et meurt encor plus rapid'ment.
Dans un jardin,
Sur un beau sein,
Un jour flétrit ses plus vives couleurs.
Naître, fleurir,
Et puis mourir,
C'est le destin des belles et des fleurs.
Aussi, moi qu' la raison dirige
Je dis qu'il vaut mieux les cueillir,
Que de les laisser se flétrir
Et mourir sur leur tige.

LISETTE.

As-tu vu Germain ce matin?

AMBROISE.

Pas encore, Mademoiselle; m'est avis que ce garçon-là vous tient au cœur; vous vous en informez souvent et cependant il n'est ici que depuis huit jours.

LISETTE.

Il paraît honnête, poli.....

(5)

AMBROISE.

Ce ne sont pas toujours les gens les plus polis qui sont
les plus honnêtes.

LISETTE.

Il est aimable.

AMBROISE.

Habitude de singer ses maîtres.

LISETTE.

Il a de l'esprit...

AMBROISE.

C'est une façon de parler.

LISETTE.

Il ne te plaît pas, ce garçon-là ?

AMBROISE.

Parce qu'il vous plaît trop. ——

LISETTE.

De la jalousie !

AMBROISE.

Oh ! que non pas ! cette plante-là ne vient pas sur mon
terrein : je vous aime, c'est vrai ; quand je vous ai pressé
de m'épouser, vous m'avez dit qu'il fallait attendre... Eh
bien, j'attends.

LISETTE.

Sans craintes ?

AMBROISE.

Vous êtes trop aimable pour ne pas en donner ; mais
je suis trop raisonnable pour en prendre.

AIR : *Tenez, moi, je suis un bon homme.*

J'aime, je bois, je ris, je chante,
Rien n'altère ma bonne humeur ;
Et lorsqu'un rival me supplante,
Je n'en conçois point de douleur.
Brûlant d'une légère flâme,
Je sais toujours, le verre en main,
Chasser les chagrins de mon âme,
Et les soucis de mon jardin.

LISETTE.

Cette façon d'aimer...

AMBROISE.

Ne me rend pas malade.

LISETTE.

Je m'en aperçois...

AMBROISE.

Ou je me trompe fort, ou ce Germain est l'émissaire de quelque galant qui cherche à s'introduire auprès de Madame.

LISETTE.

S'il avait des projets, Germain m'en aurait fait confidence.

AMBROISE.

On lui a peut-être défendu de mettre tant de monde dans le secret... D'ailleurs, le voici.

SCÈNE III.

LES MÊMES, GERMEUIL, *sous le nom de* GERMAIN.

GERMAIN.

Serviteur, Ambroise; bonjour, Lisette. Toujours fraîche et jolie !.....

AMBROISE, *à part.*

C'est bien comme cela qu'on les engeole !

LISETTE.

Nous parlions de vous, monsieur Germain.

GERMAIN.

De moi ? (*à part.*) Se douterait-on de quelque chose ?

LISETTE.

Depuis huit jours que vous êtes ici, vous ne nous avez encore rien dit des maîtres que vous avez servi.

AMBROISE.

Et cependant, il n'y a pas de maître dont un valet n'ait quelque chose à dire.

LISETTE.

Témoin celui que vous avez remplacé.

GERMAIN.

L'Orange ?

LISETTE.

Il nous égayait souvent en nous racontant les tours d'un jeune homme qu'il avait servi.

GERMAIN.

Et qu'il nommait.... ?

LISETTE.

M. de Germeuil; le connaîtriez-vous , par hasard ?

GERMAIN.

Oui, beaucoup. (*à part.*) Le drôle ! (*à Lisette.*) Et que vous disait-il donc ?

LISETTE.

Que son maître était un franc étourdi, joignant au meilleur cœur la plus mauvaise tête possible, grand amateur des femmes, qu'il abandonnait toujours, et de la table, qu'il ne quittait jamais.

AMBROISE.

Brave garçon, morgué !

AIR : *Ballet des Pierrots.*

Entre les femmes et la table,
Heureux qui partage son tems ;
Il devient plus gai, plus aimable,
Le plaisir compte ses instans.
Comme lui, dans ma double ivresse,
Ah ! que ne puis-je abandonner
Un bon dîner pour ma maîtresse ;
Ma maîtresse pour un dîner.

LISETTE.

Fi ! Ambroise, faire marcher ensemble la table et l'amour !

AMBROISE.

J'ai tort, Mademoiselle, c'est vrai ; la table doit avoir la préférence.

Même Air :

Charme puissant de notre vie,
La table en embellit le cours :
C'est à table que l'on oublie
L' chagrin causé par les amours.

Sur son déclin, à la tendresse
Ne pouvant plus s'abandonner;
On sait se passer de maîtresse;
Mais se passe-t-on de dîner!

GERMAIN, *à part.*

Une séance à table mettra Ambroise dans mes intérêts.

LISETTE.

Cette façon de penser est affreuse !

GERMAIN, *à part.*

Quelques propos d'amour, et Lisette me servira.

AMBROISE

Et pourtant, grâce à ces défauts-là, M. Germeuil était fêté partout, et il trompait toutes les jolies femmes.

LISETTE.

Qui voulait bien l'être.

GERMAIN.

Il y en a tant qui ne demandent pas mieux !

LISETTE.

Oui, mais il vient un tems où l'amour s'empare de ces jeunes étourdis; ils finissent assez ordinairement par aimer une beauté bien froide, bien cruelle, qui se moque d'eux et leur fait payer cher les tourmens qu'ils ont fait endurer à son sexe. Ah ! que je voudrais que le moment de M. Germeuil fût venu !

GERMAIN.

Console-toi, il est venu.

AMBROISE.

Comment, il est venu ?

GERMAIN.

M. de Germeuil est amoureux fou d'une jeune veuve, dont la sagesse le désole.

LISETTE.

Ah ! tant mieux, n'est-ce pas Ambroise ?

GERMAIN.

Mais dont pourtant il espère à la fin se faire aimer.

AMBROISE.

Ah ! tant mieux ! n'est-ce pas, mademoiselle Lisette ?

GERMAIN.

Du caractère dont je le connais, rien ne lui coûtera pour plaire à celle qu'il aime ; il me semble le voir en ce moment introduit auprès de sa maîtresse, sous un déguisement qu'on est loin de soupçonner, tenter de gagner deux valets qui ne paraissent pas très-disposés en sa faveur.

LISETTE.

Ah ! que n'aime-t-il ma maîtresse ! je sens que j'aurais un grand plaisir à déjouer ses projets.

(GERMAIN.

Le bon petit cœur !

AMBROISE

Ma foi, si cela était, et qu'il s'adressât à moi... je lui dirais...

GERMAIN.

Vous lui diriez ?

AMBROISE.

Monsieur, vous aimez Mme. Gernance, c'est juste ; vous cherchez à lui plaire, c'est naturel ; vous avez besoin de quelqu'un pour seconder vos projets, me voilà, moi.

GERMAIN, *lui serrant la main.*

Fort bien ; j'aime qu'on oblige.

AMBROISE.

Comme vous me serrez la main ! (*On appelle Lisette.*)

LISETTE.

Ah ! mon dieu, c'est Madame ; ta maudite chanson l'aura réveillée.

(*Elle sort.*)

SCENE IV.
AMBROISE, GERMAIN.

GERMAIN, *à part.*

Profitons du moment.

AMBROISE.

Plus j' vous regarde, et plus j' crois....

GERMAIN.

Me reconnaître ?

AMBROISE.

Vous avez pris chaudement les intérêts de M. Germeuil?

GERMAIN.

Qu'en veux-tu conclure ?

AMBROISE.

Que vous êtes son valet.

GERMAIN.

Non.

AMBROISE.

Vrai ?

GERMAIN.

Je suis.... Germeuil lui-même.

AMBROISE.

Pas possible !

GERMAIN.

AIR : *Vaudeville de l'Opéra-Comique.*
On est trompé par le valet
Que l'on place chez sa maîtresse,
Et souvent son zèle indiscret
Fait rejeter notre tendresse.
Aussi, craignant d'être trahi
Auprès de la beauté que j'aime,
J'ai cette fois pris le parti
De me servir moi-même.

AMBROISE.

Ah ! Monsieur !

GERMAIN.

Point de cérémonie.... Elle ne servirait qu'à me faire découvrir.

AIR : *Vaudeville d'Arlequin Musard.*
Jadis l'Orange à mon service,
Rusé menteur, adroit fripon,
S'instruisait souvent à l'office
De tous les secrets du salon.
Comme lui j'ai voulu connaître
L'art de dérober un secret :
Mille valets singent leur maître,
Moi, je viens singer mon valet.

AMBROISE.

Je n'en reviens pas, vous M. Germeuil, un officier de hussard sous l'habit d'un...

GERMAIN.

Sous l'un, j'ai défendu mon roi ; sous l'autre, je viens attaquer ta maîtresse.

AMBROISE.

Air : *Vaudeville de l'Asthénie.*

Avec plaisir j' vous servirai ;
Comptez sur mon intelligence :
Près d' Madame j' vous aiderai
A vaincre son indifférence.
Jeune, militaire et français,
De vos soins vous d'vez tout attendre :
A ceux qui n' se rendent jamais
Les femmes aiment à se rendre.

GERMAIN.

Je sais que Laure est jeune...

AMBROISE.

Vingt ans.

GERMAIN.

Jolie.

AMBROISE.

Tout le monde le dit.

GERMAIN.

Sage.

AMBROISE.

Tout le monde le pense.

GERMAIN.

Riche.

AMBROISE.

Un maudit procès la tourmente.

GERMAIN.

Elle le gagnera.

AMBROISE.

J'en doute.

GERMAIN.

Pourquoi ?

AMBROISE.

La personne contre laquelle plaide ma maîtresse, est un

parent de feu son mari; informé des attraits de Madame,
il la presse de tout terminer à l'amiable, et l'on croit même
qu'il lui a offert sa main.

GERMAIN.

Elle l'aurait acceptée?

AMBROISE.

On attend aujourd'hui le parent.

GERMAIN.

Tu le nommes...?

AMBROISE.

Delormel.

GERMAIN.

Delormel! C'est sans doute un de ces jeunes provinciaux,
dont le talent consiste à discréditer les ridicules de la capitale?

AMBROISE.

On assure, au contraire, que c'est un bon vivant.

GERMAIN.

Ah! sans doute, un de ces bons vivans dont l'esprit vous
assomme, et dont la gaîté vous endort. Tu vois que je te
démontre évidemment, et sans *partialité*, que Laure ne saurait être heureuse avec son parent.

AMBROISE.

Vive un rival pour faire notre éloge!

GERMAIN.

Aucune femme n'a fait sur mon cœur une impression aussi
vive, aussi durable que ta maîtresse. Je la vis pour la première fois chez M. de Saint-Julien, où elle ne resta qu'un instant; mais cet instant décida du sort de ma vie. J'appris
que, veuve d'un vieux colonel qui l'avait épousée à l'âge
de quinze ans, madame de Gernance vivait à la campagne
où elle ne recevait personne; instruit qu'elle avait besoin
d'un domestique, je lui fis présenter le mien, qu'elle ac-
cepta.....

AMBROISE.

Et que vous avez remplacé depuis huit jours, à la grande
satisfaction de Madame.

GERMAIN.

Je brûlais de savoir si ta maîtresse était libre de faire un choix.

AMBROISE.

Et maintenant, Monsieur, que vous connaissez l'obstacle qui contrarie vos désirs, qu'espérez-vous encore de ce déguisement?

GERMAIN.

Sous cet habit, qui me met à l'abri du soupçon, il me sera plus facile de gagner les valets de notre provincial.

AMBROISE.

Prenez garde !

GERMAIN.

Je compte sur ta discrétion, et je serais bien malheureux si l'amour ne faisait pas quelque chose pour moi, qui ai tant fait pour lui.

AIR : *Vaudeville de Folie et Raison.*

A l'aimable espérance
J'abandonne mon cœur :
L'amour et la constance
Ont des droits au bonheur.

AMBROISE, *apercevant Mme. Gernance.*

Plus bas, Monsieur, je vous en prie,
Notre maîtresse vient vers nous.

GERMAIN.

Que ne puis-je toute la vie
Lui donner un titre si doux !

ENSEMBLE.

Évitons sa présence,
Allons loin de ces lieux
Consulter } en silence
Concerter }
L'art de les rendre } heureux.
Les moyens d'être. }

(*Ils sortent.*

SCENE V.
LAURE, LISETTE.

LISETTE.

Quoi! Madame, vous sacrifiez votre liberté au désir de conserver votre fortune?

LAURE.

Oui, Lisette; craignant de perdre mon procès, j'ai accueilli la proposition de M. Delormel, et consenti à lui donner la main.

LISETTE.

Sans le connaître!

LAURE.

Je sais que M. Delormel a quarante ans, un caractère fort gaî, même un peu original, une probité intacte, et qu'une femme trouve toujours le moyen d'être heureuse avec un homme qu'elle estime.

LISETTE.

Je ne voudrais pas de ce bonheur-là! Un mariage sans amour? je n'en ferai jamais un pareil!

AIR: *Vaudeville de l'Avare.*

Je ne crois pas que mon système
Puisse trouver des détracteurs:
L'hymen avec celui qu'on aime
Devient une chaîne de fleurs.

LAURE.

Mais du Destin, rigueur extrême,
Trompant le désir de nos cœurs,
La main du tems fane les fleurs,
La chaîne se rompt d'elle-même.

LISETTE.

Il ne m'appartient pas de blâmer votre choix; mais à votre place, jeune, jolie, comme vous l'êtes, je jouirais de la liberté que donne le veuvage, et je fuirais tout engagement sérieux.

LAURE.

Lisette, il est dangereux de jouer avec son cœur; le dé-

sir de plaire entraîne souvent au-delà des bornes de la sagesse ; on voit avec complaisance l'effet produit par ses
charmes ; on sourit à sa conquête ; pour l'enchaîner, on prodigue les espérances ; bientôt on s'aperçoit du chemin qu'on
a fait..... on s'en étonne ; la raison veut parler, la vanité la
fait taire ; l'amant presse, on résiste ; il se plaint, on cède ;
heureux de notre défaite, il part, et l'amour nous reste.

LISETTE.

Vous ne montrez qu'un des côtés du tableau.

LAURE.

Air : *Vaudeville de Voltaire chez Ninon.*

Résiste-t-on à leur amour,
En secret chacun vous outrage ;
Feint-on pour eux quelque retour,
Vous êtes coquette ou volage :
Chacun prétend que son rival
Trouve le secret de vous plaire,
Et de vous ils disent du mal,
Dès que vous refusez d'en faire.

LISETTE.

Il est vrai que ces messieurs sont d'une injustice !.... Et
cependant, combien leur sort est préférable au nôtre !

MÊME AIR.

Épris d'un objet adoré,
Ils lui révèlent leur tendresse,
Et l'amour qu'ils ont inspiré,
Chez nous est taxé de faiblesse ;
Ils affichent un vain désir,
L'éclat au malheur nous entraîne ;
Ils attaquent avec plaisir,
Quand nous résistons avec peine.

LAURE.

Avec peine !.... et quelquefois sans succès.

LISETTE.

Nous serions bien fâchées que cela fût autrement.

LAURE.

Lorsque le penchant du cœur n'est pas d'accord avec la
raison.....

LISETTE.

Madame sait bien que, chez les femmes, le cœur passe avant tout.

LAURE.

Folle!... as-tu vu ce jeune homme ?

LISETTE.

Qui donc, Madame ?

LAURE.

Germain.

LISETTE.

Je l'ai laissé ce matin, causant avec le jardinier... Savez-vous qu'il est fort bien, ce garçon-là ? Si Ambroise ne m'aimait pas autant, et que je n'eusse pas une réputation de fidélité à acquérir...

LAURE.

Dis-lui de venir me parler.

LISETTE.

A Ambroise?

LAURE.

Non, à Germain.

LISETTE.

Oui, Madame. (*à part et en sortant.*) Si l'on est ainsi la veille d'un mariage, j'aime mieux la figure du lendemain. (*Elle sort.*)

SCENE VI.

LAURE, *seule.*

Oui, ce garçon a l'air honnête, doux ; si j'en crois mes idées, il n'était pas né pour servir.... Ses manières décèlent un esprit cultivé, une âme délicate ; il s'exprime bien, avec choix, avec feu... il... Allons, ne voilà-t-il pas que je me plais à tracer avec complaisance le portrait de mon valet... Quel enfantillage !

A i r : *de la Maréchale.*

Oublions sa figure,
Son esprit, sa tournure ;
Présens que la nature
Prodigue aveuglement.

Il me sert avec grace ;
Il prévient tous mes vœux ;
Mais un autre à sa place
Ferait peut-être mieux.

Sans doute sa jeunesse,
Son malheur intéresse ;
Mais y penser sans cesse
Deviendrait imprudent.

A soulager sa peine
Apportons moins de soin ;
Car la pitié nous mène
Souvent un peu trop loin.
Oublions sa figure, etc.

Je ne puis le garder auprès de moi que du consentement de M. Delormel, je vais l'engager à redoubler d'attentions pour mon parent.... Le voici.

SCENE VII.

LAURE, GERMEUIL, *sous le nom de* GERMAIN.

LAURE.

Approchez, Germain ; le zèle et l'exactitude que vous apportez à remplir mes volontés, me donnent de vous la meilleure opinion ; vous êtes empressé, fidèle....

GERMAIN.

Auprès de vous, Madame, c'est moins un devoir qu'un plaisir.

LAURE.

Quelques mots qui vous sont échappés m'ont prouvé que votre éducation n'avait pas été aussi négligée que votre condition pouvait le faire soupçonner, et que vous n'aviez peut-être pas toujours été ce que vous êtes maintenant.

GERMAIN.

AIR : *d'Agnès Sorel.*

Dans l'opulence je naquis,
Le sort accabla mon enfance,
Et mes jours, de malheurs suivis,
Furent livrés à l'indigence.

J'étais loin de prévoir le fruit
D'une disgrace peu commune :
Auprès de vous le malheur m'a conduit,
Je dois bénir mon infortune.

LAURE, *à part.*

Pauvre jeune homme ! c'est que personne n'est à l'abri de ces malheurs là ! (*à Germeuil.*) Et vous avez déjà eu beaucoup de maîtres ?

GERMAIN.

Ah ! Madame, si j'avais eu le bonheur de vous connaître plutôt, je n'aurais eu qu'une maîtresse.....

LAURE.

Germain, voilà de l'exagération.

GERMAIN.

Si vous me connaissiez !...

LAURE.

Cela prouve du moins votre attachement. Malheureusement, je ne peux long-tems garder mes gens...

GERMAIN.

Quoi ! Madame ?

LAURE.

J'attends aujourd'hui un de mes parens, nommé Delormel, qui va bientôt devenir mon époux.

GERMAIN, *à part.*

Ciel !

LAURE.

Ayez pour lui les plus grands égards, prévenez ses moindres désirs, faites-vous remarquer par votre complaisance....

GERMAIN, *à part.*

Jolis conseils !...

LAURE.

Je ferai tout ce que je pourrai pour qu'il vous place auprès de lui.

GERMAIN.

Me forcer de vous quitter ! ah ! Madame, ce n'est pas me récompenser !

LAURE.

AIR : *Vaudeville de Frosine.*

Vous nous servirez tous les deux,
Et rien n'est, je crois, plus facile :
Vous serez doublement heureux,
En étant doublement utile.

GERMAIN.

Devenu, par votre désir,
Bientôt son valet et le vôtre,
Ah ! je craindrais bien de servir
L'un aux dépens de l'autre.

LAURE.

A en juger par ses lettres, mon parent est un homme bon
et sensible ; lorsqu'il saura l'intérêt que vous m'inspirez....

GERMAIN, *à part.*

Que je lui inspire !

LAURE.

Et surtout, lorsqu'il vous connaîtra, il me saura gré de
vous donner à lui.

GERMAIN, *à part.*

C'est ce que je ne crois pas.

LAURE.

AIR : *Vaudeville de la Belle Marie.*

Votre délicatesse
Charmera mon époux ;
Le chagrin, la détresse
S'éloigneront de vous.

GERMAIN.

Mon cœur, de votre bienveillance,
Saura garder le souvenir.

LAURE.

Vous arracher à l'indigence,
Germain, voilà mon seul désir.

ENSEMBLE.

LAURE.	GERMAIN.
Je ne puis me défendre	Mon destin doit paraître
D'un sentiment secret :	Assez original :
Ah ! peut-être est-ce prendre	Il est fort plaisant d'être
A lui trop d'intérêt.	Valet de son rival.

SCÈNE VIII.

LES MÊMES, LAFLEUR.

LAFLEUR.

Madame, un domestique qui arrive à l'instant, et qui se dit chargé d'une lettre pour vous, demande la permission de vous la remettre lui-même.

LAURE.

Qu'il vienne.

(*Lafleur sort.*)

SCÈNE IX.

LAURE, GERMEUIL.

LAURE.

*Continuation de l'*AIR.

De M. Delormel, sans doute,
Ce valet est l'ambassadeur.

GERMAIN.

Il le précède sur la route
Qui doit le conduire au bonheur.

(*Delormel entre, s'arrête, examine Laure avec attention, et chante :*)

DELORMEL.

Voilà donc ma future ?
Quel sera mon bonheur,
Si d'après sa figure
Je juge de son cœur.

SCÈNE X.

GERMEUIL, *sous le nom de* GERMAIN, LAURE, DELORMEL, *sous le nom de* DUBOIS.

DELORMEL, *à part.*

Attention à mon rôle, et ne nous trahissons pas. (*Haut.*) Madame....

LAURE.

Approchez, mon ami.

DELORMEL.

Je suis porteur d'une lettre de M. Delormel, mon maître, qui est resté à Orléans.

GERMAIN, *à part.*

Tant mieux !

LAURE.

A Orléans ?...

DELORMEL.

Oui, Madame, une blessure....

LAURE.

Une blessure !... Lisons.   (*Elle décachette la lettre.*)

GERMAIN, *à part.*

Il ne lui manquait plus que d'être blessé pour le rendre intéressant.

DELORMEL, *à part.*

Aussi jolie, et pas d'amant ? c'est bien difficile à croire !

LAURE, *lisant.*

« Ma chère parente, un accident fâcheux retarde mon
» bonheur, et me prive du plaisir de vous voir : ma chaise
» s'est brisée auprès d'Orléans, et je suis forcé de res-
» ter dans cette ville jusqu'à mon rétablissement, qui ne
» peut être long. Afin de vous tranquilliser sur les suites de
» ma chute, j'ai chargé Dubois, domestique intelligent, de
» vous remettre la présente, etc. etc. » Ce pauvre M. Delormel !

DELORMEL, *à part.*

Elle me plaint !

LAURE.

Son accident est-il dangereux ?

DELORMEL.

Non, Madame ; cette blessure-là est de celles dont on guérit aisément.

GERMAIN, *à part.*

Tant pis !

LAURE.

Tant mieux ! vous me rassurez. (*A part.*) Je ne sais, mais ce retard ne me fait pas de peine.

DELORMEL.

Croyez, Madame, que M. Delormel sera sensible à l'intérêt que vous prenez à sa santé.

LAURE.

Je vais lui écrire, l'engager à prendre bien soin de lui, et surtout à ne pas quitter Orléans qu'il ne soit entièrement rétabli.

(*Delormel va pour sortir.*)

GERMAIN, *à part.*

C'est toujours cela de gagné.

LAURE, *à Delormel.*

Dubois, vous logerez ici jusqu'à l'arrivée de votre maître.

DELORMEL.

Madame,.... (*A part.*) A merveille !

LAURE, *à Germeuil.*

Germain, veillez à ce que rien ne manque au domestique de M. Delormel.

(*Laure sort.*)

SCÈNE XI.

DELORMEL, *sous le nom de* DUBOIS, GERMEUIL, *sous le nom de* GERMAIN.

DELORMEL, *à part.*

Elle me laisse !... Profitons de cet instant, pour savoir si j'ai eu raison de chercher à l'éprouver...

GERMEUIL, *à part.*

Si je pouvais découvrir quelques intrigues du futur !

DELORMEL, *à part.*

Les valets sont médisans !

GERMEUIL, *à part.*

Les domestiques sont bavards.

DELORMEL, *à part.*

Questionnons adroitement celui-ci.

GERMEUIL, *à part.*

Interrogeons-le avec adresse.

DELORMEL.

Il paraît que vous êtes chargé de faire les honneurs?

GERMEUIL.

Tu le vois.

DELORMEL, *à part.*

Tu!... Le drôle est familier!

GERMEUIL.

Et toi, tu possèdes la confiance de M. Delormel?

DELORMEL.

Il n'a pas de secrets pour moi.

GERMEUIL.

Si j'en crois ta figure, tu es un rusé coquin!

DELORMEL.

Tu me flattes!... La tienne décèle un fin matois!

GERMEUIL.

Trop d'honneur! (*à part.*) La conversation commence bien.

DELORMEL.

Ta condition doit être bonne, une veuve jeune et jolie!

GERMEUIL.

La tienne n'est pas sans agrément, un célibataire riche!

DELORMEL.

Les manéges de la coquetterie....

GERMEUIL.

Les intrigues d'amour....

DELORMEL.

Tiens..... entre gens comme nous la dissimulation est un crime...; ta maîtresse va bientôt devenir la mienne?

GERMEUIL.

On le croit.

DELORMEL.

Afin de me rendre son service plus facile, mets-moi au fait de ses défauts et de ses qualités.

GERMEUIL.

Volontiers. Mais comme par son mariage ton maître va devenir le mien, à ton tour instruis-moi des bizarreries de son caractère et de l'originalité de sa conduite.

DELORMEL.

Avec plaisir.

GERMEUIL, *à part.*

Je serai au-dessous de la vérité.

DELORMEL, *à part.*

Flattons mon portrait.

DUO.

AIR : *d'Amour et Mystère.*

GERMEUIL.

Laure est aimable et jolie.

DELORMEL.

Mon maître a quelques talens.

GERMEUIL.

Vive, piquante, étourdie ;

DELORMEL.

Il plaît depuis quarante ans :

GERMEUIL.

Laure de tourner les têtes
Dès long-tems a le secret.

DELORMEL.

Modeste dans ses conquêtes,
Mon maître est toujours discret;

GERMEUIL.

Qui la voit voudrait lui plaire:

DELORMEL.

On le recherche partout ;

GERMEUIL.

Mais elle est sage et sévère.

DELORMEL.

Mais il veut montrer du goût.

GERMEUIL, *à part.*

Monsieur Dubois veut se taire,

DELORMEL, *à part.*
Il n'est pas de bonne foi ;

GERMEUIL, *à part.*
Faisons cesser le mystère.

DELORMEL, *à part.*
Il est aussi fin que moi.

GERMEUIL.
Heureux l'amant qui près d'elle
Pourra vivre sous ses lois.

DELORMEL.
Les plaisirs attendent celle
Sur qui tombera son choix.

GERMEUIL.
Loin d'imiter ma franchise,
Tu trahis la vérité :
Ce portrait, quoiqu'on en dise,
Ne peut être que flatté.

ENSEMBLE.
Oui, le portrait est flatté.

DELORMEL, *à part.*

Je serai forcé d'en venir aux grands moyens.

GERMEUIL, *à part.*

Essayons ma dernière ressource.

DELORMEL, *toisant Germeuil.*

Le drôle peut m'être utile ! offrons-lui de le prendre à mon service et de lui payer une année de ses gages.

GERMEUIL, *toisant Delormel.*

Vingt-cinq louis, une place chez moi, et j'en viendrai à bout.

DELORMEL.

Tu es donc bien attaché à madame Gernance ?

GERMEUIL.

Comme toi à M. Delormel.

DELORMEL.

Il y a des circonstances.....

GERMEUIL.

Où notre intérêt doit l'emporter, n'est ce pas ?

DELORMEL.

C'est ce que j'allais te dire.

GERMEUIL.

Oh ! je te devine.

DELORMEL, *à part.*

Il est pris.

GERMEUIL, *à part.*

Je te tiens.

DELORMEL.

Par exemple, si l'on t'offrait.... ?

GERMEUIL.

Si l'on te proposait. ... ?

DELORMEL.

Chût !

(Ils font le tour du jardin pour voir si personne ne les écoute, et chacun de son côté tire de sa poche une bourse qu'il cache avec soin; à peine sont-ils revenus sur le devant de la scène, que Lisette entre et écoute.)

SCÈNE XII.

GERMEUIL, LISETTE, DELORMEL.

DELORMEL.

Si l'on t'offrait de payer tes renseignemens sur Laure.. ?

GERMEUIL.

De récompenser ton indiscrétion sur ton maître.?...

DELORMEL.

Tu céderais ?

GERMEUIL.

Tu parlerais ?

DELORMEL.

Sans doute.

GERMEUIL.

Certainement.

TOUS DEUX.

Eh bien, parle donc !

(Ils se présentent réciproquement la bourse qu'ils ont tirée de leur poche, et la tiennent suspendue jusqu'à ce que Lisette, s'avançant, les prenne toutes deux, en disant:)

LISETTE.

Dès qu'il s'agit de parler, c'est à moi de gagner l'argent.

GERMEUIL.

Ahie! ahie !

DELORMEL.

Tu nous écoutais.

LISETTE.

J'arrive trop tard pour être au fait de tous vos projets; mais assez tôt pour en saisir ce qu'il y a de mieux.

GERMEUIL.

Friponne !.....

LISETTE.

Maintenant, expliquez-vous : (*à Delormel.*) que contient cette bourse ?

DELORMEL.

Vingt louis.

LISETTE.

Que demande-t-elle ?

DELORMEL.

Que tu parles.

LISETTE.

Affaire faite. (*à Germeuil.*) Et que renferme celle-ci ?

GERMEUIL.

Vingt-cinq louis, pour que tu te taises.

LISETTE.

Adjugé.

DELORMEL, *bas à Lisette.*

M. Delormel voudrait savoir si ta maîtresse n'aime personne.

GERMEUIL, *bas à Lisette.*

Le jeune maître que je servais avant d'entrer ici, voudrait éconduire le futur.

LISETTE.

Doucement, mes amis, ceci devient sérieux : rapprochez-vous ; vos intérêts se lient ensemble , et vous pouvez vous servir tous les deux. (*à Delormel.*) Tu demandes si Madame a un amant? oui et non, c'est ce que Germain va t'expliquer.

DELORMEL.

Comment ?

LISETTE.

Germain est placé ici par un des adorateurs de Madame.

DELORMEL.

Envérité? Mais son maître, en apprenant l'arrivée du mien, a sans doute abandonné ses projets..?

GERMEUIL.

Non, non, il a doublé ma récompense, en cas de succès.

LISETTE.

Et il t'a promis?

GERMEUIL.

Deux cents louis, que je partagerai volontiers avec celui qui m'aidera à chasser d'ici le parent de madame Gernance.

DELORMEL.

Deux cents louis !

GERMEUIL.

Tu en as vu l'échantillon.

LISETTE.

Ils sont de poids.

SCENE VIII.

LES MÊMES, AMBROISE, *fredonnant dans la coulisse.*

AMBROISE.

Ah ! vous voilà, vous autres? Eh bien, on dit que le futur est resté en chemin ?

GERMEUIL.

C'est de son âge.

AMBROISE.

Il ferait bien de renoncer à épouser ma maîtresse. Eh ! morgué, qu'il m'imite : je cultive mes fleurs au printems, j'arrose mes fruits en été, je les cueille en automne; et quand l'hiver vient, je me repose.

LISETTE.

Tu sais bien que c'est un mariage de convenance?

AMBROISE.

Elles sont jolies les convenances !

AIR : *J'ai vu partout, etc.*
Dans ces mariag's de convenance
Tout est fait pour nous étonner ;
L'un sort à peine de l'enfance,
Quand l'autre est prêt d'y retourner.
L'un a passé l'âge de plaire,
Quand l'autre en conçoit le dessein ;
Et l'un est r'venu de Cythère,
Quand l'autre en d'mande le chemin.

D'ailleurs, je connais un jeune homme qui l'adore.

DELORMEL.

Encore un ?

LISETTE.

Tu le nommes?..

GERMEUIL, *vivement.*

M. de Saint-Yves, capitaine de dragons, mon maître.

AMBROISE, *saisissant l'idée de Germeuil.*

Votre maître..? oui, c'est cela.

GERMEUIL, *à Lisette.*

Il savait tout.

DELORMEL.

A quoi cela lui servira-t-il, puisque mon maître épouse Madame ?

LISETTE.

Si tu voulais bien; tu lui épargnerais ce malheur-là.

DELORMEL.

Moi ?

GERMEUIL.

Oui, tu peux beaucoup dans cette affaire.

DELORMEL, *à part.*

Le drôle veut me corrompre, donnons-lui beau jeu.....
(*à Germeuil.*) Comment cela ?

LISETTE.

Rappelle - toi les deux cents louis que Germain nous a promis de partager.

AMBROISE.

Partager !... j'en suis, morbleu !

DELORMEL.

Mais le moyen de rompre cet hymen ?

LISETTE.

Nous le trouverons.

GERMEUIL.

Il y en a mille.

DELORMEL.

Mais mon maître.....

AMBROISE.

Excellente idée ! Vous allez nous en débarrasser.

DELORMEL.

Comment ?

AMBROISE.

Vous avez laissé M. Délormel malade à Orléans ?

DELORMEL.

Oui ; très-malade.

AMBROISE.

Très-malade ; c'est charmant ! Il aura eu le tems de mourir pendant votre absence ?

DELORMEL.

Tu voudrais....?

LISETTE, *riant.*

Tuer ton maître.

GERMEUIL.

A merveille !

DELORMEL.

Ceci est un peu fort !

AMBROISE.

Vous, qui connaissez mieux que nous les habitudes de M. Delormel, ses amis et ses médecins, vous allez entrer dans ce pavillon, et là, au nom d'un de ces derniers, vous adresserez à Madame une lettre de condoléance sur la mort de votre maître.....

DELORMEL.

Mais y pensez-vous?

LISETTE.

Si nous y pensons? Deux cents louis! connais-tu beaucoup
de raisons qui vaillent celle-la?

DELORMEL.

Non, sans doute. (*à part.*) Je serai fort aise de connaître
ce rival, et de confondre ceux qui le servent!

LISETTE.

Tu réfléchis?

DELORMEL.

Ma conscience…..

AMBROISE.

Nous sommes seuls.

DELORMEL.

Trahir mon maître !

GERMEUIL.

Tu le sers, au contraire; il garde sa fortune et ne se
marie pas, c'est tout gain pour lui.

DELORMEL.

Allons, Je me rends. (*à part.*) Déguisons adroitement
mon écriture.

(Il entre dans le pavillon.)

LISETTE.

Nous le tenons.

AIR : *Je regardais Madelinette.*

Dubois, gagné par notre adresse,
Sous un faux nom, dans ce moment,
Ecrit que, loin de ma maîtresse,
Son maître est mort subitement.

AMBROISE.

Que dites-vous du stratagème?

DUBOIS, *dans le pavillon, écrivant.*

Pour servir mon jeune rival,
Je veux bien me tuer moi-même,
Quand cela fait si peu de mal.

GERMEUIL. — LISETTE. — AMBROISE.

Ainsi, par notre heureuse adresse,
Nous empêchons en ce moment

Le malheur de notre maîtresse
Et celui de son jeune amant.

DUBOIS.

Voilà bien, par cette écriture,
Mon enterrement constaté ;
Mais nul homme mort, je l'assure,
Ne s'est jamais si bien porté.

ENSEMBLE.

Mes chers amis, de votre   }
Je pense que de notre   } adresse,

Oui, mon maître sera   }
Ton maître doit être   } content.

On ne saurait, je le confesse,
Placer aussi bien son argent.

(Ambroise s'éloigne en chantant.)

SCÈNE XIV.

DELORMEL, LISETTE, GERMEUIL.

DELORMEL, *sortant du cabinet.*

Voici notre missive ; je souhaite qu'elle ait tout le succès que vous en espérez.

LISETTE, *à Germeuil.*

Cours prévenir ton maître, afin qu'il se hâte de se faire présenter chez Madame.

GERMEUIL.

Dans un instant il sera auprès d'elle.

(Germeuil sort.)

DELORMEL, *en sortant, à part.*

J'étais sûr qu'elle devait avoir un amant ! Pour mieux jouir de leur embarras, revenons sous mes véritables habits troubler leur tête-à-tête.

(Il sort.)

SCÈNE XV.

LISETTE, *seule.*

Jusqu'ici tout va à merveille, et le maître de Germain a fort bien fait de ne pas se presser.

AIR : *de Dorat.*

Il faut, pour triompher des belles,
Savoir attendre le moment,
Et pour vaincre les plus cruelles
Ne se hâter que lentement.
Auprès de sa belle maîtresse,
L'amant trahi par le hasard,
Pour avoir mis trop de vîtesse,
Est souvent arrivé trop tard.

Voici Madame.

SCÈNE XVI.
LAURE, LISETTE.

LAURE.

Lisette, qu'on porte cette lettre à la poste.

LISETTE, *lisant la suscription.*

Pour Orléans, Madame? en voici une qui en arrive.

LAURE, *décachettant la lettre avec précipitation.*

Déja

LISETTE.

Et peut-être les nouvelles qu'elle contient seront-elles plus agréables...

LAURE.

Quoi! M. Delormel est mort?

LISETTE, *à part.*

Nous le ressusciterons.

LAURE.

A la veille de m'épouser?

LISETTE.

Il paraît qu'il aimait à surprendre son monde?

LAURE.

Combien cet événement m'afflige!

LISETTE.

Je le crois, un futur de quarante-cinq ans, la perte est difficile à réparer.

5

LAURE.

Ma fortune est de nouveau compromise, tandis que mon procès allait se terminer par un mariage.

LISETTE.

Aussi désagréable, qu'avantageux.

LAURE.

J'allais être heureuse....

LISETTE.

Sans bonheur.

LAURE.

Et je perds tout.

LISETTE.

Mais il vous reste vingt ans, une jolie figure, mille graces, encore plus de talens, et je connais beaucoup de femmes qui n'ont rien perdu, et à qui il n'en reste pas autant.

LAURE.

Tu me flattes.

LISETTE.

Je vous aime trop pour cela.

LAURE.

Cette lettre bouleverse toutes mes idées, dérange les plans que je formais.

LISETTE.

Cette lettre doit ouvrir votre âme à l'espérance : vous êtes libre, maintenant, et dans le cas de disposer de votre main en faveur d'un amant jeune, riche, aimable, avec qui vous goûterez un bonheur, que vous n'auriez fait que rêver avec M. Delormel.

LAURE.

Je ne caresse point une telle chimère !

LISETTE.

Et vous avez tort; car enfin, s'il faut vous le dire, vous avez inspiré une passion violente.

LAURE.

Moi ?...

LISETTE.

Un jeune capitaine de hussards, M. de Saint-Yves,
possesseur de 5o,ooo liv. de rente, sollicite l'honneur de
vous les offrir.

LAURE.

La plaisanterie est déplacée.

LISETTE.

Mais son offre ne l'est point, et Germain qui s'avance
peut vous assurer...

LAURE.

Germain !

SCÈNE XVII.

LES MÊMES, GERMEUIL.

LISETTE, *bas à Germeuil.*

Et ton maître ?

GERMEUIL, *à Lisette.*

Il me suit.

LISETTE,

(*A part.*) Bon ! (*Haut.*) N'est-il pas vrai, Germain, que
M. de Saint-Yves...?

LAURE.

Lisette, laissez-nous.

LISETTE.

Oui, Madame. (*bas à Germeuil.*) Je vais guetter ton maître.
(*Elle sort.*)

SCÈNE XVIII.

LAURE, GERMEUIL.

GERMEUIL.

Je ne chercherai point, Madame, à me justifier de l'indiscrétion que j'ai commise; j'ai eu tort d'instruire Lisette de
l'amour que vos charmes ont inspiré à M. de St.-Yves;
cette passion, qu'il a longtems et vainement combattue, devait
rester ignorée, puisqu'il n'avait pas l'espoir de vous la faire

parlager ; mais mon excuse est dans le plaisir que je trouvais à vous louer.

L A U R E.

Germain, je ne saurais vous en vouloir ; mais cet amour que vous prêtez à M. de S.-Yves, et auquel je ne puis croire, cet amour, dis-je, n'est sans doute qu'un de ces caprices légers comme le plaisir, qu'une de ces passions violentes qu'on voit naître, croître, décroître et mourir dans la journée.

G E R M E U I L.

Ah ! Madame, pouvez-vous méconnaître ainsi ?...

L A U R E,

Un capitaine de hussards...

G E R M E U I L,

Peut avoir un cœur sensible.

L A U R E.

Ces Messieurs aiment mieux l'amour que les femmes.

G E R M E U I L.

Que les femmes ! Ah ! Madame, qui pourrait ne pas les aimer ?

AIR NOUVEAU. (de M. Doche.)

Dans leur sein nous puisons la vie,
Et dans leurs bras la volupté ;
Leur amitié douce et chérie
Survit à la prospérité.
On les rencontre à son aurore
Dans le sentier qui conduit au bonheur,
Et malheureux on les retrouve encore
Sur le chemin de la douleur.

L A U R E, à part,

Ce jeune homme a des expressions ; il serait trop dangereux si l'on pouvait oublier ce qu'il est. (à Germeuil.) Et comment avez-vous pu savoir l'amour,...

GERMEUIL.

De M. de Saint-Yves? Par une proposition qu'il me fit le lendemain de mon entrée ici : il s'offrit de prendre ma place auprès de vous.

LAURE.

L'étourdi !

GERMEUIL, *à part.*

Ce n'est pas là de la colère.

LAURE.

Je rougis de vous écouter.... après....

GERMEUIL.

Ensuite, il me disait...

LAURE.

Eh bien, que vous disait-il ?

GERMEUIL.

DUO.

(de M. Doche.)

Dans ses yeux cherchant à lire

LAURE.

Dans mes yeux cherchant à lire

GERMEUIL.

Le sentiment que j'inspire,

LAURE.

Le sentiment qu'il m'inspire ;

GERMEUIL.

J'aurais un jour profité
De sa bonté.

LAURE.

Il eût un jour profité
De ma bonté.

GERMEUIL.

Voyant accueillir ma tendresse
Par un regard indulgent,

LAURE.

Voyant accueillir sa tendresse
Par un regard indulgent,

GERMEUIL.

A ses genoux, d'un air tremblant,

LAURE.

A mes genoux, d'un air tremblant,

GERMEUIL.

J'eus dit à ma maîtresse :
Le premier jour que je vous vis,
Je vous désirai pour amie :
Que vous me parûtes jolie!
Le premier jour que je vous vis.
La raison par vous embellie,
En riant dictait ses avis.
Ah! je n'oublierai de ma vie
Le premier jour que je vous vis!

LAURE.

Que dites-vous?

GERMEUIL.

Point de courroux.

LAURE.

Germain, d'où vient cette audace?

GERMEUIL.

Auprès de vous
J'attends, j'attends mon arrêt ou ma grace....

LAURE.

O ciel! qu'espérez-vous?

GERMEUIL.

Chassez un vain courroux.

ENSEMBLE.

LAURE.	GERMEUIL.
O surprise nouvelle!	O surprise nouvelle!
Devais-je en ce moment	Son cœur en ce moment,
Dans un valet fidèle	Dans un valet fidèle
Soupçonner un amant.	Trouve un amant constant.

LAURE.

Quoi! Monsieur, vous avez osé...?

GERMEUIL, *se jetant à ses genoux.*

Daignez m'entendre, je ne suis pas...

LAURE, *troublée.*

On vient.... Ciel! me compromettre ainsi! Levez-vous, Monsieur, et ne paraissez plus devant moi.

GERMEUIL, *à part.*

Eh! vîte, eh! vîte, laissons ce déguisement, et revenons attaquer un cœur que l'amour-propre me dispute en vain.....

(*Il sort.*)

SCÈNE XIX.

LAURE, *seule.*

Je n'en reviens pas!... se déguiser ainsi... exposer ma réputation... s'emparer de ma confiance! Ah! mon dieu! mon dieu! que les hommes ont de talent pour ne rien valoir!

AIR : *Je ne veux pas que ce soit lui.*

De piéges adroits et menteurs
Ils entourent notre jeunesse ;
Par des dehors faux et trompeurs
Ils excitent notre tendresse ;
Nous séduire est un jeu pour eux :
Ah! pour une femme sensible,
Les aimer est bien dangereux....
Mais les haïr est impossible!

SCÈNE XX.

LAURE, DELORMEL, *sous ses habits de maître.*

DELORMEL.

(*A part.*) Elle est seule, amusons-nous de son embarras.
(*Haut.*) Pardon, ma chère cousine...

LAURE.

Dubois...

DELORMEL.

Laissez, je vous prie, un nom de circonstance, que j'ai emprunté à mon valet-de-chambre, et que je me suis hâté de lui restituer; Delormel est le nom de ma famille, celui que je brûle de vous faire porter.

(40)

LAURE.

L'imposture est grosssière ; lisez.

DELORMEL.

La lettre qui vous annonce ma mort ?

LAURE.

D'où savez-vous ?...

DELORMEL.

C'est moi qui l'ai écrite.

LAURE.

Vous ?

DELORMEL.

Là, dans ce pavillon.

LAURE.

Serait-il vrai ?

DELORMEL.

Il s'agissait de servir un rival protégé par Germain et Lisette ; je lui ai préparé fort honnêtement les moyens de vous offrir son hommage. L'auriez-vous déjà vu ?

LAURE.

Monsieur !

DELORMEL.

La précipitation avec laquelle vous avez lu ma lettre ne vous a pas permis de vous apercevoir qu'elle est sans timbre.

LAURE.

Il a raison.

DELORMEL.

Et l'attention que je vous prie de donner à celles-ci, vous convaincra de la vérité de ce que j'avance.

LAURE.

Mes lettres à M. Delormel !

DELORMEL.

Air : *Du Vaudeville d'Angélique et Melcour.*
Pour faire cesser votre erreur
Il suffit de ce témoignage ;
J'existe encore, et mon bonheur
Sera peut-être votre ouvrage.

Un peu trop prompt à le servir,
Envers mon rival je suis quitte ;
Si je suis mort pour son plaisir
Pour le mien je ressuscite.

LAURE.

Il est vrai que la nouvelle de votre mort m'avait af-
fectée...

DELORMEL.

Je m'en doutais ; aussi n'ai-je pas voulu vous laisser le
tems de me pleurer.

LAURE.

Notre procès...

DELORMEL.

Nous allons cesser d'en avoir.

LAURE.

Mon avocat m'assure que mes droits sont incontestables.

DELORMEL.

Le mien vous prouvera qu'ils ne valent rien.

LAURE.

Cependant...

DELORMEL.

Il me l'assure toutes les fois qu'il dîne chez moi ; d'ailleurs, vous avez accepté le moyen que je vous ai proposé,
de confondre nos droits par un bon mariage.

LAURE.

Il sera toujours tems d'en venir là.

Air : *Le bonhomme, suivant l'usage.* (Dorat.)

L'amour et l'hymen, de la vie
Embellissent chaque saison ;
L'un est l'enfant de la Folie,
L'autre est le fils de la Raison.
A l'amour, cet espiègle aimable,
On ne saurait trop tôt céder ;
Mais il faut toujours retarder
Le moment d'être raisonnable.

DELORMEL.

A mon âge, on voudrait avancer ce moment-là.... Je ne
suis parti que d'après votre promesse : je l'apporte avec moi...

Dès ce soir, je cours chez un notaire faire dresser le contrat;
demain nous signons les articles, après demain la noce, et
dans huit jours à mon château.... Ne sont-ce pas là vos in-
tentions?

LAURE.

Dans l'instant, je vous les ferai connaître. (*à part.*) Ce
déguisement-ci ne sera pas aussi heureux que l'autre.

(*Elle sort.*)

SCENE XXI.
DELORMEL, *seul.*

La réception est un peu froide; M. Delormel à Paris
ne plaît pas autant que M. Delormel blessé à Orléans.
Doucement, doucement... Laure est jolie, j'ai quarante-six
ans...

AIR : *De la Soirée orageuse.*

Des mariages de nos jours
Je crains le dangereux exemple,
Et que ma maison, des amours,
Après l'hymen, ne soit le temple.
Loués tout haut, trahis tout bas,
Prêtant le front à l'épigramme,
Tant de maris ne sont, hélas !
Que les intendans de leurs femmes.

Quelqu'un vient, C'est sans doute le jeune rival que j'ai
à combattre. Capitaine de hussards ? c'est cela.

SCENE XXII.
DELORMEL, GERMEUIL, *en habit d'officier*
de hussards.

GERMEUIL.

Elle est déja rentrée....! (*apercevant Delormel.*) Ah ! ah !
un étranger.

DELORMEL, *à lui-même.*

Un militaire réussit partout.

GERMEUIL.

Quelqu'ami de la maison ?

DELORMEL.

Il serait drôle qu'il me prît pour confident!

GERMEUIL.

Approchons.....   (*Ils se saluent.*)

DELORMEL.

Monsieur cherche sans doute....?

GERMEUIL.

Quel son de voix!

DELORMEL.

Je ne me trompe pas!

GERMEUIL.

C'est ce coquin de Dubois.

DELORMEL.

Eh! c'est Germain.

GERMEUIL, *impérieusement.*

Qui t'a permis de revêtir cet habit?

DELORMEL.

La question est plaisante! et sans le respect que j'ai pour celui que tu portes, je.....

GERMEUIL.

Mais c'est qu'il a vraiment bon air avec cet habillement-là!

DELORMEL.

A sa tournure, on croirait que c'est son habit de tous les jours.

GERMEUIL, *raillant Delormel.*

Rassure-toi, mon pauvre Dubois, je garderai le silence sur ton espiéglerie.

DELORMEL.

Je crois qu'il me raille!

GERMEUIL.

M. Delormel ne te pardonnera jamais de l'avoir tué sans son consentement.... Ecoute, je me marie, j'ai besoin d'un valet-de-chambre.....

DELORMEL.

Vous-vous mariez ?

GERMEUIL.

Oui, graces à ta supercherie. (*Fièrement.*) Jusqu'à présent, trompé par les apparences, vous avez cru ne parler qu'à Germain, apprenez que je me nomme Germeuil de Saint-Yves.

DELORMEL, *vivement.*

Mon rival ?

GERMEUIL, *étonné.*

Votre ?....

DELORMEL, *du même ton que Germeuil a dit son couplet.*

Jusqu'à présent, vous avez cru ne parler qu'à Dubois, apprenez que je me nomme Delormel.

GERMEUIL.

Serait-il possible....?

GERMEUIL.

Très-possible.

GERMEUIL, *riant.*

Les mêmes moyens ? c'est charmant !

DELORMEL.

Vous trouvez ?

GERMEUIL.

Ah ! Monsieur, je n'oublierai jamais la générosité avec laquelle vous vous êtes sacrifié pour mon bonheur !

DELORMEL.

Trop honnête, Monsieur. Vous ignorez, sans doute, que Madame de Gernance est sans fortune, et que si elle perd son procès avec moi, elle n'aura plus rien ?

GERMEUIL.

Plus rien, ah ! Monsieur, combien je souhaite que vous puissiez le gagner !

DELORMEL.

Comment ?

GERMEUIL.

Elle tiendrait tout de moi, et c'est un grand bonheur d'enrichir ce qu'on aime.

DELORMEL, *à part*

Il y aurait de la folie à vouloir lutter contre ce garçon-là. (*haut.*) Puisque Laure partage votre amour, nous partagerons notre procès.

SCÈNE XXIII.

LES MÊMES, LAURE.

LAURE, *qui a entendu les derniers mots.*

Non ; car je me désiste de mes prétentions.

DELORMEL.

Quoi ?

LAURE.

Cet acte de renonciation est ma réponse aux questions que vous m'adressiez tout-à-l'heure.

GERMEUIL.

Femme adorable ! que ce désintéressement l'embellit à mes yeux !

LAURE, *apercevant Germeuil.*

Que vois-je !

DELORMEL.

Monsieur Germeuil de Saint-Yves, capitaine de hussards, jeune homme plein de délicatesse, qui m'enlève une femme charmante.

GERMEUIL.

AIR : *Au sein d'une fleur tour-à-tour.* (Deux Pères.)

Puissé-je, au gré de mon amour,
Vous voir accueillir ma tendresse,
Changer de service en ce jour,
En gardant la même maîtresse.

LAURE.

On ne se fâche qu'à regret
Contre l'amour qu'on a fait naître,
Et je veux punir le valet,
En faisant le bonheur du maître.

DELORMEL.

Allons, il est clair que j'ai fait un voyage d'agrément. Monsieur vous épouse, je voudrais être à sa place ; s'il était à la mienne, il vous remettrait cet acte, moi je le déchire.

LAURE.

Je ne souffrirai pas.....

DELORMEL.

Songez donc que je gagne moitié à cet arrangement : car, quoiqu'en dise mon avocat, la cause d'une jolie femme est toujours meilleure que celle d'un vieux garçon, (*à part.*) et je pourrais perdre mon procès.

LAURE.

Vous l'exigez.....?

DELORMEL.

Je vous en prie.

SCÈNE XXIV, ET DERNIÈRE.

AMBROISE, LISETTE, GERMEUIL, LAURE, DELORMEL.

LISETTE, *dans le fond.*

Mais que fait donc Dubois, si long-tems auprès de Madame ?

AMBROISE.

Il nous recommande à ses bontés.

DELORMEL.

Approchez, approchez Lisette, et venez réclamer un pardon qu'on aura la faiblesse de vous accorder. (*à Laure.*) La lettre est de son invention.

LAURE.

Je devrais vous punir ; mais je suis trop heureuse pour me fâcher.

DELORMEL, *à Ambroise.*

Quant à moi, je remercie Ambroise des conseils qu'il m'a donnés ; j'en ai profité, car Madame épouse M. le capitaine.

LISETTE.

Germain !

AMBROISE.

Non, M. de Germeuil, dont tu disais tant de mal, et que tu as servi malgré cela.

GERMEUIL.

Voilà les cent louis : Ambroise ne demande pas mieux que de les faire valoir.

LISETTE.

Si Madame veut le permettre.....

LAURE.

Mariez-vous tous.....

DELORMEL.

Tous, excepté moi, qui suis venu au monde garçon, et qui en sortirai de même.

VAUDEVILLE.

AIR : *Vaudeville du Jaloux Malade.*

DELORMEL.

A quarante ans je crus encore
fixer les volages amours,
Et par mon hymen avec Laure
Embellir la fin de mes jours.
La voix de la raison m'invite
A rompre ce lien charmant :
Heureux encor d'en être quitte
Pour les frais du déguisement.

GERMEUIL

L'amour, pour séduire une belle,
Prend le doux nom de l'amité ;
Il attendrit la plus cruelle
Sous le masque de la pitié.
Si le désir qui l'accompagne,
Bientôt le trahit aisément,
L'Amour est un fripon qui gagne
A quitter son déguisement.

AMBROISE.

Rose, affectant la pruderie,
Parle toujours contre l'hymen ;
Cléon affich' la modestie,
Grégoir' déclam' contre le vin :

A Rose parlez d'amourette,
De Cléon vantez les talens,
Menez Grégoire à la buvette,
Adieu tous les déguisemens.

L'AURE.

Des efforts qu'on fait pour lui plaire,
Le parterre se rit souvent,
Et son arrêt, par trop sévére,
Vient abréger le dénoûment.
Pour couronner notre espérance,
Que la critique, en ce moment,
De l'amitié, de l'indulgence,
Emprunte le déguisement.

FIN.

~~~~~~

La partition gravée se trouve chez M. WICHT, au Théâtre du Vaudeville.

~~~~~~

~~~~~~

De l'Impr. D'HÉNÉE et DUMAS, rue S.-André-des-Arcs, n.º 3,
ancienne maison de feu M. Knapen.
~~~~~~

www.ingramcontent.com/pod-product-compliance
Ingram Content Group UK Ltd.
Pitfield, Milton Keynes, MK11 3LW, UK
UKHW022336120726
13694UKWH00004B/1606